KB260861

또 한 번
스무 살이 되고
싶은 밤

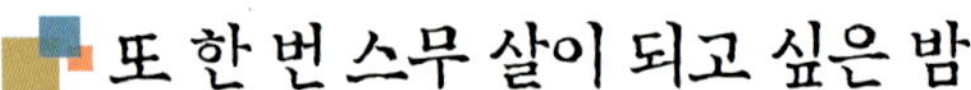
또 한 번 스무 살이 되고 싶은 밤

1판 1쇄 : 인쇄 2011년 7월 20일
1판 1쇄 : 발행 2011년 7월 25일

지은이 : 김숙희
펴낸이 : 서동영
펴낸곳 : 서영출판사

출판등록 : 2010년 11월 26일(제25100-2010-000011호)
주소 : 인천광역시 계양구 작전동 388-2 동보 105-204
전화 : 02-338-7270 팩스 : 02-338-7161
이메일 : sdy5608@hanmail.net

값 : 10,000원
ⓒ2011김숙희 seo young printed in incheon korea
ISBN 978-89-97180-01-1
ISBN 978-89-97180-00-4(set)

일원화 공급처_(주)북새통
주소 : 서울 마포구 서교동 464-59 서강빌딩 6층
전화 : 02-338-0117(대표), 팩스 : 02-338-7160
이메일 : info@booksetong.com

또 한 번
스무 살이 되고
싶은 밤

2011 · 서영

김숙희 시인의 첫 시집 발간을 축하하며

김숙희 시인의 닉네임은 아이비이다. 두릅나무과에 속하는 아이비는 줄기에서 공기뿌리가 나와 있다. 녹색의 작은 꽃이 피는 아이비는 메마른 땅에서도 잘 자라고 어두운 그늘에서도 잘 견딘다. 그 종류도 매우 다양하고 아름답다. 그래서 집 안에서 화분에 즐겨 심는다.

이 아이비처럼 김숙희 시인의 삶도 아름답다. 가정주부로서 정갈한 마음 그릇을 이뤄 자녀들에게 최선을 다하는 모습, 사진 찍기를 좋아하여 여러 여행지의 낭만을 담아오는 모습, 시 쓰기를 시작한 이래 꾸준히 그 길을 걸어가는 모습, 시낭송의 향기를 봄햇살처럼 펼쳐가는 모습 등이 아름답다.

동신대학교에서 산업디자인을 전공한 김숙희 시인은 2008년 제4회 전국 가사 시조낭송 경연대회와 2007년 제1회 농촌경관사진 콘테스트와 2009년 제 1회 전국환경사진 촬영대회와 2010년 제 6회 하천 사진공모전 등에서 각각 수상하여, 시낭송가로서도, 또 아마추어 사진인으로서도 실력을 인정받고 있다.

김숙희 시인과 더불어 시를 공부하고 토론하고 시 창작의 오솔길을 오순도순 걸어온 지 벌써 6년째가 되어간다. 그 동안 한 주도 빼지 않고 서울과 나주를 오가며, 성실히 시를 쓰고 이를 문학회에서 발표해온 그 발자취가 되돌아볼수록 멋지다. 그 한 걸음 한 걸음이 오늘처럼 어여쁜 열매를 맺게 했으리라.

인류사에서 시는 아주 소중한 장르다. 왜냐하면, 시는 시인의 체험과 상상력에 의해 시화되어 다양한 상징적 의미로 확충되고, 인간 근원의 본성과 존재이유에 대해 끊임없이 천착함으로써 획득되어지며, 자기 성찰과 진정한 자아 회복의 바탕 위에 겸허히 서 있는 예술품이기 때문이다.

이런 시의 세계에 머무르며 시를 쓰고 가꾸는 삶을 살아가는 김숙희 시인은 멋지다.

김숙희 시인의 시 세계는 한마디로 정갈하다. 우선, 시어를 결집하는 구성력이 자연스럽고 탄탄하다. 또한 낯설게 하기의 신선함이 곳곳에 깔려 있어 감탄을 자아낸다. 더불어 적절한 감정의 절제가 돋보인다. 군더더기 없이 압축미와 상징성을 잘 이끌어 나가고 있다. 그리고, 선명한 시어의 선택으로 이미지의 조화로움을 끌어내는 능력, 자연적 서정의 이미지로 사물을 포착하는 능력, 사물에 대한 섬세한 관찰을 깊이 있게 내면화하는 능력 또한 탁월하다. 무엇보다 시상의 흐름을 물 흐르듯 전개해 나가는 솜씨, 시어를

정감 있게 형상화해 나가는 솜씨 등이 뛰어나다.

　　침묵으로 키워온
　　풋풋한 바람 벗 삼아
　　띄엄띄엄 독백을 캔다

　　황톳빛 연민을 더듬자
　　저미듯 파고드는 외로움
　　혼불로 터져

　　덧없는 세월 가로질러
　　봄의 하얀 향기
　　울컥울컥 더듬는다

- [냉이] 중에서

　　여기서 냉이 캐는 모습을 '띄엄띄엄 독백을 캔다'로 표
현하고 있다. 외로움은 '혼불로 터져' 봄의 향기를 울컥울컥
더듬고 있다. 시의 맛깔스러움이 잘 묻어나 있다. 이미지와
낯설게 하기의 진수를 보고 있는 듯하다.

　　시커먼 비닐봉지에
　　쿡쿡 눌려져 담긴
　　이른 새벽을 깨워

눅눅한 신문지에
등 기대고 잠든
소주병도 깨워

구겨진 허기를
헐렁한 넋두리로
채워 넣는다

차마 일어서지 못해
깃발처럼 들끓는 서글픔
누더기처럼 걸친 채.

- [영등포역의 노숙자] 전문

비닐봉지 안에 담긴 새벽, 소주병을 깨우는 정경, 허기를 넋두리로 채우는 장면, 서글픔을 누더기처럼 걸친 모습 등이 시의 존재이유를 독자의 손에 꼬옥 쥐어주는 듯 멋스럽게 펼쳐져 있다.

시는 이런 것이다. 시는 이래야 한다. 시는 다른 장르에 비해 확실히 다른, 아주 독특한 영역에 속해 있다. 이런 무언의 메시지를 김숙희 시인의 시들은 전해주고 있는 것 같다.

이런 성숙한 시들 곁에 김숙희 시인이 직접 찍은 사진들을 알뜰살뜰 배치해 놓았으니, 금상첨화라 아니할 수 없다.

이게 진정 예술이 아닐까. 이게 진정 창조의 기쁨이 아닐까. 시와 사진의 조화로움이 빛을 발하는 시집, 이 싱그러운 창조품, 이 신비로운 예술품을 대하는 우리의 가슴은 봄의 숨결처럼 마구 뛴다.

부디, 이런 멋스런 삶을 여생 동안 한결같이 펼쳐나가기를 빈다.

그리하여, 한국의 독자들뿐만 아니라 세계의 독자들에게도 감동의 전율을 선물하는 위대한 시인으로 우뚝 서기를 기원해 본다.

다시 한 번 김숙희 시집 발간을 늦봄의 향그러움을 곱게 모아 축하드린다.

- 박덕은(문학박사, 한실 문예창작 지도교수, 시인, 소설가, 동화작가, 문학평론가, 사진작가)

첫 시집을 펴내며

詩

-김숙희

창밖 떠돌던 고독에게
운명처럼 다가온
당신

별천지 속에
황홀함
은은히 펼쳐 놓고서

긴긴 밤 홀로
외로움
견디게 하더니

길게 자라난 그리움
마구 흔들어 깨워
눈물짓게 하고는

고운 사연들 모아
설렘으로
물들이다가

영혼 그득
꽃향으로
벙글게 하고

붉은 심장
타들어간
아린 아픔까지도

사랑으로
뜨겁게
뿌리 내리게 해

쉼 없이
온몸 들뜨게 하는
당신.

이 세상을 다시 보고
다시 느끼기 위해 불러낸 정서
애틋함과 그리움은
무심히 지나치려는 마음을 움직여
자연에서 불어오는 리듬의 울림으로 끌어당긴
시간과 공간을 선택한 발걸음 끊임없어
내 작은 가슴에 팔랑거리는 풍요로움의
서정으로 소중한 친구가 되고

삶을 더욱 충실해 질 수 있게
반짝여주는 여유로
그 모든 존재를 되살게 해

웃을 수 있다는 것
즐길 수 있다는 것
사랑할 수 있다는 것
그리고 울 수도 있고
슬퍼할 수도 있다는 것을
보석으로 간직하게 해준
詩!

그 사랑 헤아릴 수 없음을 깨닫습니다.

향그런 봄기운에 움트는 새싹처럼
설렘 늘어뜨려 탄생한
첫 시집을 선보이게 되어
더없는 기쁨이며 영광입니다.

지금까지
많이 칭찬해 주시고 이끌어 주신
박덕은 지도 교수님께 감사드리며
제 인생에 늘 위로가 되어준 친구 이숙재목사, 부드런
문학회 문우님들, 한실문예창작 문우님들.

곁에서 늘 기도로 응원해 주시는 어머님, 시댁과 친정
형제분들, 시심의 동기를 부여해준 사랑하는 남편,
사위, 딸, 아들에게도 고마움을 전합니다.

2011년 푸르름의 계절 유월에

김숙희

詩 [김숙희]

박덕은

고귀한 혈통이
머리 위에 머물러

눈빛 속에
우아한 시심을
펼치다

가는 길마다
설렘이 출렁거려

세상의
파노라마가
온통 향기에 젖어

찰칵찰칵
영혼에
감동을 새기다

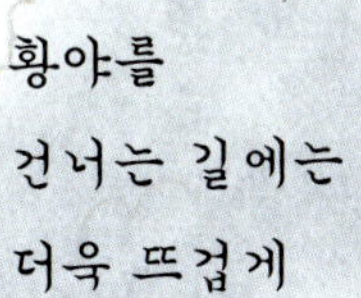

황야를
건너는 길에는
더욱 뜨겁게

산모롱이
휘돌아 갈 때는
더욱 싱그럽게

강줄기
거슬러 오를 때는
더욱 눈물겹게.

2장 발길이 머물렀던 그 어디쯤

4장 인연, 그 행복한 만남

또 한 번 스무 살이 되고 싶은 밤

1장
마음이 앉아있던 그 어디쯤

여정

아련한 추억들이
날아와
몇 올의 푸르름을 던지자

그리움의 발자욱
허겁지겁
남쪽으로 간다

차창 밖 일몰은
하나 둘
풍경들을 숨기고

긴 그림자는
수은등이 켜진 역 광장에
회한 껍데기 부려놓는다

한 잔 술에
허기를 채우고
풀어놓은
향그런 웃음은
새벽을 흥건히 적신다

비릿한 갯내음에
낭만 조각 찾아내어
속삭이는 파도소리처럼.

지금은

촛불들의 외침 따라
속살 웃음 한 움큼
퍼 올려야 할 때

녹아 있는 한숨자락
꺾꽂이 하여
풋풋이 심어야 할 때

눈물 시위로
뿌리 내린 영혼
눈부시게 벙글어야 할 때

벽 넘어선
열린 마음 포개어
오늘을 열어야 할 때.

오늘은

꽃샘추위에 속절없이 아프고
황사 바람에 목이 메마르고
거친 들판 빈 터에
상처들이 버려져
헛것들이 지나다닌다

하늘 우러러 견디고 서 있는
쓸쓸함과 그 깊은 공허는
광장에서 또 시위하며
비워진 고독은 부딪혀서
하얗게 녹아 떨어진다

뚝
　뚝
　　뚝

기억은 그리움의 메아리로
울린다.

인생

낯선 곳으로
떠나는
긴긴
그리움의 여정

수많은
외로움과 고독을
넘고

수많은
사랑과 추억의
징검다리 건너

세월의 손길로
하나씩 꿰어
허기 채운다.

또 한 번 스무 살이 되고 싶은 밤

미련

노을빛 여운 속에
망망히
꽂혀 있는 그리움

아련히
낡은 세월 헤아리며
스멀대는 추억

계절에 얽혀
갈 길 묻는
가슴 뛰는 고동소리

바람벽에 기대어
소란스레 서성이는
생각 자락.

또 한 번 스무 살이 되고 싶은 밤

맘 뜨락에
발돋움한 상사화
그 고운 눈물이
꽉 메어 올 즈음

꽃대궁만 빤히
쳐다보고 있던
설렘을
헛기침 소리로 깨운 뒤

충무로를 지나
명동 앞을 걷는다

낯선 광란의 틈바구니로
떠도는 목소리들이
불빛 속에 적셔둔
그리움의 깊숙한 곳으로

순간들이 흩어져
보고 싶어도 결코 닿을 수 없는
애틋한 사랑
만지작 만지작거리며…….

새벽 1

달빛과 나란히
어둠의 긴 터널을
가르며

무한한 정적 속으로
떠나는

설렘

웅크린 영혼의
그늘을 지우자

은은한 여운
감돌아

가슴의
맨 밑뿌리까지
적신다.

또 한 번 스무 살이 되고 싶은 밤

눈을 뜨면

소롯이 여는
마음의 창문 곁에
살포시 싹 트는
순정,
풀배 띄운 고요 속에
머무네

낯선 그림자 드리워진
휘장 속
입술 꼭 깨물고
슬픔 딛고 영그는
꿋꿋함,
은실 달빛으로 내려와
입맞춤 하네.

流氷

여객선의
뱃고동소리와 갈매기가
포구를 박차고 나서면

외로움에 길들여진 느낌들은
서로 뒤엉켜
여기저기 표류하다가

너덜너덜해진 몸
마구 비비대고 앉아

허무 휘감은 채
찰나의 그리움을 토한다

그때서야
휘몰아치는 바람에도
순백의 마음 피워내던 풍광

묵상하던 가슴앓이
끌어다
성엣장을 쌓는다.

또 한 번 스무 살이 되고 싶은 밤

새벽 2

아득한 메아리
한 움큼 집어 들고서

허공자락 맴도는
어리석음 짚어가며

침묵의 두께만큼
연민의 그림자 드리우면

뭉클한 감동 되어
빨려드는 신비로움

고요 두른 달빛 따라
깨달음의 길을 내고 있다.

내 마음

알 듯 알 듯
망각의 시간을 들추면

스스로 갇혔던
외로움의 벽을 허물고

눈 뜬 여유로움이
가슴앓이 한복판에
슬그머니 스러져
온기로 흐르고

영혼의 까칠한 뜨락에
부드러운 바람이 들어와
애틋함으로 피어오른다.

또 한 번 스무 살이 되고 싶은 밤

누군가 찾아줄 것 같아

길게 누운 고독
그리움 너울 쓰면

쿵쾅거리던 외로움
정처 없이 떠나가고

익숙해진 목마름
두근거림 쥐고서

차가워
딱딱해진 심장에

살갑게
추억의 살을 붙인다.

희망

영혼의
뜨락 위에
투명하게 세운
깃발

꿈틀대는 사색
불씨 하나 내어 걸고
그 곁을 맴도는
그리움

때론
날벌레들이 몰려와도
햇살 빗질로 뛰노는
풀섶 푸르름

가슴 속에
우뚝 서서
환하게 인도하는
길라잡이.

들리나요

포근하게 안아 줄
사랑 찾아
두터운 땅 속
힘겹게 헤집어요

봄 잔치로
방긋이 피어난
사랑의 향기
듬뿍 머금고
찾아 왔어요

아름다운 길
함께 하는 행복한 길
서로의 이야기 속삭이며
꽃길 향해 달리는 우리가 되어요

또 한 번 스무 살이 되고 싶은 밤

먼동 트는 곳에서
울려 퍼지는
고동소리처럼
들리나요 내 목소리가
고요하고 은은하게
맑고 또 싱그럽게……

내 목소리에
귀 기울여 주는
아름다운 당신
우리 함께
또 다른
미지의 세계로 여행 떠나요.

첫사랑

향 가득한
푸르름으로
웃더니

갈대밭에
한 줄기 빛으로
서 있다

희고 여린
영혼 속 입맞춤은
화사한 그리움
꽃 피우고

낮 붉히던
목소리
바람에 안겨와
온몸 기댄다.

모닥불 피워놓고

산자락 끝에
맞닿은
고요

긴
바람소리 들으며
힘껏 당기어
끝없는 진실을 엮는다

빗방울 멈춰선
그 자리에
마주 앉은 이야기는
불살 한줄기
내어 건다

원 그리며
타오르던 불길
가슴 속
열정을 깨운다.

빈 항아리

허기진 배를
움켜쥐고도
웃을 수 있는 건

한 줄기 바람이
찰 내음으로
그리움 부추기기 때문

허허 웃으며
마음속 고인 눈물을
삼켜 버리는 건

그대 곁에 가까이
그림자처럼
있는 듯 없는 듯 서 있기 때문

활화산처럼
타오르는 꿈
흔들리지 않는 건

함께 묻어 놓은

애틋한 정이

체온으로 남아 있기 때문.

구두

가까이 다가서기 전에는
아무것도 보이지 않아

차가운 공기는
서리꽃에 매달려

바람 끝자락엔
오히려 환한 미소가 열려

넓은 세상
종일 휘젓고 다녀
상처를 입어도

댓돌 위에서 쉬고 나면
길 위를 또 달리고 싶어

단절된 외로움이 아닌
한 줌 햇살 같이.

깻잎 장아찌

붉은 그리움
범벅한
속울음 삼키고

얼키설키
등을 댄 채
늘어지게
하품을 한다

사각 어스름에
기대어
향긋함
껴안을 즈음

꼬숩고도
짭쪼롬한
사랑
소르르 스며든다.

봉투

허기진 설움
발을 동동 구른다

저 밑바닥에 스며
참고
또 참는다

고독이
　어깨를
　　짓누를지라도

　비록
　힘든
　모험일지라도

　안길 수 있는
　한 순간의
　그리움이고 싶다

한 줌
미소를
심기 위하여.

또 한 번 스무 살이 되고 싶은 밤

제삿날

인연의 밤이 켜지자
우러러
합장한 채

무릎 꿇고
축문을
읽는다

하늘빛 스민 추억
보이는 듯
일렁이고

가만히
가 닿고픈
그리움

영원의
터널에
향불 피운다.

이사

27년 묵은 추억
애잔히 털어내자

그리움 핥던 뭉클함 위로
정겨웠던 속삭임만 일렁거린다

세월 묶어 둔 앞마당엔
주름살 길게 뻗친 포도나무

저만치 내려놓는
여유 한 자락 부둥켜안고
슬퍼하자

발걸음 못내 서러워
눈시울 붉게 쏟아낸
보랏빛 향기만 가슴 깊이 파고든다.

냄비

좋은 이웃과 빙 둘러앉아
정담 무르익힐 수 있다면
불에 시뻘겋게 달궈져도 좋으리

연기 피워 문 고독이
시린 통증 다 드러내 놓을 수 있다면
청양고추 듬뿍 얹어 휘휘 저어도 좋으리

싱겁지도 짜지도 않은 감칠맛 담아
모두의 입을 즐겁게 해줄 수 있다면
펄펄 끓는 물에 데어도 좋으리.

양산

사풋사풋
나들이 나온
설렘

마음의
꽃부리
가득 세워

아른아른
저 햇살
따라가면

활짝 펴든
추억 몇 조각
허공 중에 솟고

낭만 미소
살포시
저며

하늘 가린

그리움

비로소 눈을 뜬다.

문학 세미나

강을 거슬러 바다로 간
빠끔빠끔 금붕어
동그란 눈 궁굴리며
포근하고 하늑하게
금세 하나가 되었다

따스한 시선마다
다할 수 없는 기쁨
서로 서로 어우러진
푸른 마음 한마음

바다의 왕 돌고래
귀족 참치
동해
서해
남해에서 모인 맑은 눈빛들

영롱한 별빛 따라
영혼은 초롱초롱 빛나게
오색빛 둥둥 떠오르는 낭만방울은
향기 넓게 펼쳤다.

기타

망설임과 설렘으로 맺은 친구
작지만, 다정한 통 울림소리

수십 년 만난 인연 중
이보다 더 좋은 친구 또 있을까

사랑한다!
말을 하지 않아도
늘 포근한 목소리
품에 안고 어루만져

속삭이듯 귓가에 울리는 소리
따뜻하고, 행복한 소리
천사의 목소리가 이보다 더 고울까?

2장
발길이 머물렀던 그 어디쯤

산책길에

갈대 숲 속
방향 잃은
그리움 하나,
추억 열고
기별 없이 들어온다

가슴 안에 드리웠던
사랑의 꿈,
그 포근한 속삭임

깊어가는 계절 끝
그 곁을 비껴간
푸른 믿음 한조각
스산한 바람이 되어
날리고 있다.

녹차 밭에서

하늘 끝에
피어나는 낭만은
흰구름에 실리고

초록 향기
휘감은 둔덕 아래
비단 물결 일렁인다

졸졸 따라가는
허허로운 발걸음에
맘 풀고 앉은
넋두리까지

마디마디
분주한 손끝에
희망을 읊조린다.

카페에서

솔바람 손짓하는
오솔길 따라
낭만 옷 걸쳐 입고
찾아온

소박한 미소가
반기며
도란도란
몸도 마음도 물들인다

찻잔 속
피어나는
연분홍 향기

눈물 자욱으로 번진
메모지도 있고

바람 같은 목마름 안고

또 한 번 스무 살이 되고 싶은 밤

돌아서는
쓸쓸한 뒷모습도 있고

우연히 마주친
짜릿한 시선과
설렘도 있고

다양한
추억 꼬리 잡고
숲 속에 작은 집 속으로
점점 빠져든다.

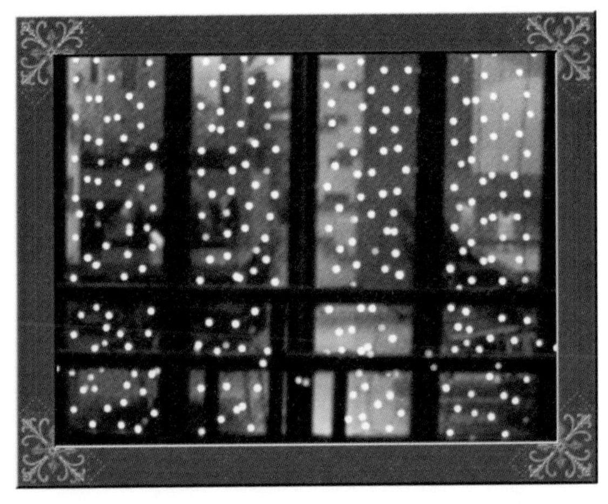

드들강에서

추억 벙글어
멈춰 선
자리

여름 안개는
솔밭 사이로
들락거리고

물잠자리 여린 꽁지로
색색의 낭만을
부추기고

배낭 벗 삼은
젊음은
한바탕 열기로 달구고

낚싯대 끝자락은

깊은 적막을

우려내고

희뿌연 세월은

유유한 강물소리에 맞춰

휠체어를 휘어 감고 내려앉는다.

골프 연습장

그물망 꼭대기에
총총한 별들이 걸터앉아
새벽을 펼친다

산자락 바람 타고 내려온
꽃향기
달빛 한 움큼 데리고 와
잔디를 간지럽힌다

해오름은
창공에 새를 부르고

손끝에 펼쳐지는
울퉁불퉁 하얀 공
하늘 높이 솟구쳐 오른다.

또 한 번 스무 살이 되고 싶은 밤

산책길

소나무 숲속
청명한 산새 소리
휘이휘 휘이휘

양지바른
다람쥐 고갯길
향긋한 꽃내음
아아랑 아아랑

오솔길 풀꽃들
허허로운 소리에
나풀 나풀

가슴 풀어
마음 적시며
걸터앉은 봄바람
살랑 살랑.

서해안 고속도로

길고 긴 투명한 색깔들이
줄지어 따라온다

푸르름은 백로를 부르고
물감 흩뿌린 듯
황홀한 그림을 그린다

비닐하우스 숨결들은
저마다 다른 희망을 속삭이고

한 폭의 수채화는
편백나무 울창한 숲 뒤에
묵묵히 서 있다

갈매기의 꿈은 출렁이며
바람의 입맞춤에 춤춘다

노을에 깔린 추억 하나
그리움 데리고
향기로운 빛으로 내려앉는다.

또 한 번 스무 살이 되고 싶은 밤

소래포구

반짝이는
하얀 그리움
수평선 위에
잔잔히 피어오른다

협괘열차 지나던 갈대밭에
허허로운 구름 걷힐 때
광풍은
물새들 무동 태운다

갯내음 풍기던
회한자락마저
정겨움으로 되비치고

철교 위
그물망 줄줄이
얼굴 내민 인동초
가슴 가득
붉은 향기로 솟구친다.

茶心淨家

한 줌 바람이
그리움 문 열고
황토 향내 뿜어낸다

다듬잇돌 발자국 소리에
청초한 싱그러움
뾰죽이 얼굴 내밀고

연분홍 수련
잔물결 소리에
긴 꽃자루 간댕거린다

거실 골동품 깊숙이
옛 정취는 돌돌 말리고

빛 고운 잎차에
녹아내린 낭만은
질박한 추억을 부른다.

골프클럽에서

지루한 또 하루
말린 걸음으로
갈아 끼우고

눈발 따라
짓는 미소
말갛게 핀다

바람 적신
하얀 공

하늘 높이
날갯죽지 숨가쁘게
펼치자

꽃구름
문득 내려와

긴 채 끝에
생긋이
내려앉는다.

수변공원 정경 1

깊은 사색은
물구나무서서
눈물 떨군다

머뭇거리던
마음도
녹슬고 아프다

가슴이
오래된 기억 뽑아
어둠을 뒤흔들면

그리움은
잠시 접었던
물주름 편 채
망망히 사라지고

바람은
멀리서 날아와
어깨 토닥이며
향긋한 시간 속으로
잠긴다.

또 한 번 스무 살이 되고 싶은 밤

그늘

솔잎 향 가을은
벤치 위에 다소곳하다

잎새들의 노래
무늬 짓는
그리움에 매달려

삐죽이 내민 열정은
가지 끝에 내비치는
구름 속으로 말려들어

하늘과 땅 사이
드리운 인연
다소곳한 마음 치맛자락에
담근다.

수변공원 정경 2

온몸에
바람소리
챙겨 넣는 여름밤

키 큰 솟대
가로지르는
풀벌레 울음소리

연잎 향
적막을
가볍게 흔들어댄다

하늘에
손 닿을 듯
둥근 달빛

후렴처럼
맑고 투명한 노래로
가슴을 휘돈다

그
긴 시선에
읊조린 시 한 수
총총총 별빛 따라 흐른다.

계단

가을 길은
행복한 시간들로만
꿈을 꾼다

침묵하던 외로움
풀꽃 미소의
아름다운 색깔로 다독인다

길 건너 저 쪽에서는
또 다른
상념이 기다리고 있다

비록
소낙비에 젖을지라도

산자락의 꽃구름 따라
한 발
한 발
오른다

또 한 번 스무 살이 되고 싶은 밤

날으는 저 새처럼

푸른빛을

터득할 수 있을 때까지.

중환자실

숨결
체온
맥박은
한껏
자기 목소리를
높이고

굽힐 줄 모르는
통증은
혈관 타고
확확 뛰어다니고

지독한 열꽃은
백색 허공의
사각귀퉁이를 할퀴고

타는 목마름은
목을 길게 뺀 채
엉거주춤 헐떡거리고

또 한 번 스무 살이 되고 싶은 밤

신음소리는
휘어진 허허로움 사이로
줄타기를 하고.

장독대

돌계단 위
정갈한 항아리 속에
그리움
동동 떠오른다

손맛 익어 숨 쉬던
오름길에 걸터앉아
생글거리던 미소 머물고

세월 돌아
어느덧
마음 곁에 다가온
가을 바람

정겹던 추억
포개어 놓는다.

또 한 번 스무 살이 되고 싶은 밤

때지

비워둔
이랑마다
너울거리는
연둣빛 속삭임

매서운 비바람
눈앞을 가려도
넋을 덮는
하늘바라기

뙤약볕 따가워도
행여 살 다칠까봐
걱정하고
다독이는 너털웃음.

돌담 고샅길

하눌타리
닿을락 말락
고즈넉한 적요 끌어안은

굽은 길 길게 끼고
가지 밑에서
정겨움 펄럭이는

돌무더기 틈새마다
퍼렇게 멍든 추억
똬리 틀고 있는

푸서리에 고개 내민
진한 외로움까지
파지처럼 싸여 있는

포근한 향수가 솔솔
굴뚝 냉갈 타고
그리움을 빚는

옛 정취가 어우러져
흙내음 따라
자분자분 걷고 싶은.

웨딩홀에서

마주잡은 인연의
또 하나의 봄

한 자루 고운 설렘이
촛불 밝히자

싱그런 입가엔
미소가 하늘 하늘

기억의 풍경들
살뜰히 쪼개어

걸음 걸음마다
깔아 놓는다

환희의 깃을 단
행진곡에 맞춰

사랑의 빛깔로
별처럼 수놓으며.

골목길

해질녘
폐부 깊숙이
파고들다 우뚝 선
그리움이 숨쉬고

쓸쓸한 정서가
뚝뚝 흘리며
길 가장자리로
걸어가고

귀에 익은
목소리들은
감미롭게
추억을 물들이고

세월의 열차는
무심한 표정으로
숨차게
지나가고 있다.

증도

그리움의 환영이
해송 숲에 내려앉자

갈대는 서걱이며
정겨운 곡선을
그려 낸다

비늘무늬 갯벌
들고 나는 염낭게가
햇살에 마음 누이고

짱뚱어 뛰놀던
긴 통나무다리 건너는
소리마다 미소가 벙근다

소금밭 하얀 꿈은
아직도
긴 겨울잠 자고

하늘까지
멀리 휘돌아나가는
겨울바람 소리만
훠이 훠이

백사장 따라
추억
한없이 흘러 보내고 있다.

함평 국향대전

초롱한 생기로
단장한
만리장성을 지나

발걸음 재촉하는 산책로에
곤충 관광열차
수채화를 그려내며
달린다

숭례문 앞에선
가을 정취 살랑대고

아기자기한 서정은
낭만 한 올 한 올 물들여
환희로 빛나고 있다.

석모도

선착장 뱃고동 소리는
세찬 물살 휘감으며
긴 여운을 남기고

허허로움은
수평선을
자유롭게 넘나들고

외로움은
망각의 시간 속으로
잔잔히 녹아들고

들뜬 낭만은
마냥 신이 나
썰매를 지치고

해안가 펜션에
잠시 부려 놓은 추억은
투명한 울림 속으로
한없이 빠져들고 있다.

등축제

나붓대는 갈바람이
물 위에 떠 있는
그리움 톡 건드리면

빛의 향연은
밤 정취를 배경 삼아

알록달록한 환희 속으로
점점 빠져들고

설렘 물들인 시선들은
이국적인 사랑까지
짜릿한 여백으로 초대하고

건져 올려 놓은
거북선의 함성은
금방이라도 쟁쟁하게
돌진할 것 같고

또 한 번 스무 살이 되고 싶은 밤

추억 하나 들고 달리는
명물 꽃마차는
살아 움직이는 한 폭의 그림처럼
아름답고

꼬리를 문
연인들의 서정은
빌딩숲 광장의 여유로움을
휘감고 있다.

대흥사

하늘빛 스민 갈바람은
풍경소리 들썩여
영혼 깊숙이 둥근 울림을 주고

살랑이는 인연은
천 년을 품어 안은 그림자
슬며시 끌어당겨 하나 되고

맑은 눈물 떨구는 목탁소리는
촛불 밝혀 겉자락만 빠꼼히 내민
회한을 정화시키고

옹이 깊은 연민은
발효된 가슴앓이를
담금질 하고

단풍 우거진 연못은
광휘가 그려내는 물결 타고
추억 담기에 바쁘고

또 한 번 스무 살이 되고 싶은 밤

차곡차곡 쌓여가는 무상함은
간절히 백팔 배 올리고

모였다가 흩어지는 시름들은
나부끼는 침묵의 차향 따라
오름길로 달려가고.

농업박람회

마냥 부풀은 낭만은
울려 퍼지는 경음악 따라
하늘로 솟구쳐 오르고

곰삭은 추억들은
희뿌연 안개비에 젖어
아기자기하게 흩날리고

쓸쓸함까지
꽁꽁 동여맨 허수아비는
어느새 슬그머니 스며든
서정을 그려내고

오락가락하는 바람자락은
웃음 매달아 가슴 휘돌며
커다랗게 비눗방울 날리고

밀려오는 그리움은
맘껏 느낄 수 있는
또 다른 시선으로 치달려가고

하늘거리는 행복들은
한 폭의 국향에 모여
한가로이 풍광을 즐기고.

도리포

노을 따라
건들마에 볼 부비는
연가는
뜨겁게 달아오르고

선착장 끝자락에
살짝 걸쳐 놓은
낭만은
보석처럼 빛나고

묵묵히 애환
깔고 누운
갯벌은
교교히 흐르고 있고

길게 늘어선
가로등 불빛은
희뿌연 그리움
꿀꺽꿀꺽 삼켜대고 있다.

또 한 번 스무 살이 되고 싶은 밤

수변공원 정경 3

물빛 타고
짜릿 짜릿
곡에 부리던
잠자리 한 마리

연꽃향
톡톡 건드리며
낭만의 꼭대기
뱅뱅 휘돌다가

황소개구리
숨찬
울음소리에
놀라

호수 속
창공 높이
핑
치솟는다.

설도항

깃발 꽂은 통발선이 다가와
왁자지껄 손 내밀면

뱃머리 주변을 둘러싸고 있던
짭쪼름한 설렘

하냥 속삭이는 낭만을
한 잔 술에 타서 마신다

빠끔이 쳐든 외로움
무심히 넘겨 보다가

또 한 번 스무 살이 되고 싶은 밤

울컥 치솟는
가슴앓이

이윽고
소금기 까칠한 손끝에

희뿌연 포말로 부려 놓은
허무자락

조개껍데기 뒷등 타고
내려와

그렁그렁한 모래꽃
갯벌에 그려 놓는다.

바닷가에서

낯익은 너럭바위에
누웠더니

설렘 한 줌 내려와
귓불을 살살 간지럽힌다

그리움은
향기 머금은
사랑의 언저리 맴돌고

아직도 꺾이지 않은 추억이
돋아나는 정 읽고 또 읽고

힐끔거리며 다가오는 행복은
상념 꺼내어
일렁이며 우수수 쌓여가고

가슴 저미는 흐느낌은
춤사위로 나부끼는
詩로 승화된다.

개봉동 92번지

까치가 설렘의 새벽을 몰고 와
꿈을 부추겨도

넋이 깃든
추억들이 스러져 간다

남아 있는 불빛은 어느새
흐르던 정적의 순간마저 걸어 잠그지만

뒤덮은 그리움을
잠재우지는 못한다

수수한 웃음들만이
가슴 가득 차오르던 보랏빛 향을
껴안고 돈다.

3장
시간을 잡아둔 그 어디쯤

시간을 잡아둔 그 어디쯤

초봄

외줄 타던
상념의 날갯짓

나풀거리는
아지랑이 꽁무니에
매달려

주름진 산모롱이
돌아나가면

살랑이는 실바람에
그리움
마음 살풋 헹궈

진달래

교정 여기저기
둘러앉아
키득거리는
싱그런 젊음

양지쪽
간지러운 속삭임까지
수줍은 눈길
끌어당긴다

잔잔한 그리움은
나뭇가지 사이로
피어오르고

물들인 추억의
향기 주머니,
어느새
가슴속에 들려 있네.

사랑초

나비처럼 펄럭이며
애끓는 세월
견뎌낸

꿈결처럼
연분홍 사랑
살포시 감싸 안은

쏘아올린 향 자락으로
그리움의 계절을
노래하는

끝없는 하늘 길 따라
고운 마음으로
미소 뿌리는.

또 한 번 스무 살이 되고 싶은 밤

초봄 오후에

터질 듯
달콤한 유혹 따라,
살랑살랑
봄볕에 미소 짓는
논두렁길 들꽃 따라
나물 캐러 나갔다

한나절 내내
두런두런 웃음꽃이랑
추억 뿌리,
그 속살의 향긋함까지
캐서
소쿠리에 그득 담았다.

샐러드 궁전

노란 견장 두른 늠름한 파프리카 왕자와
부끄럼쟁이 방울토마토 공주의
경쾌한 포크댄스

소스 제공 일인자 파인애플 공작과
부드러운 미소의 황금 귤 공작부인,
새콤달콤 전령사 꿀사과 백작과
한의사 달근달근한 감 백작부인
삼박자 왈츠 절정에 다다를 즈음

술렁거리는 분위기
갑자기 나타난 황색인종 거인
들고 있던 야채 드레싱
무도회장 안에 뿌려지자
화들짝 놀라 넘어지며 뒹굴고……

검은 눈 건포도 수문장
보초 서던 키 큰 오이 병정
발 빠른 럭비 선수 아몬드 병정

군사들에게 알리고
갈색 투구 쓴 호두 전투병들
일제히 진압하자

포크 긴 창 치켜세우고
돌진하는 거인들
눈 부릅뜨고 달려들어
입 속으로 와드득…….

망초꽃

바람과 겹쳐지는
노을빛 사이로
젖어드는 환상

줄줄이 나열하자
아스라한 추억은
열정의 푸르름 펼쳐
일렁이고

연민 끝자락에서
그리움 하얗게 피어나면

엎드려 있던 슬픔까지도
바람에 쾅 하고 닫힌
고독에서 벗어난다.

또 한 번 스무 살이 되고 싶은 밤

하늘 우러러
부드러운 동심으로 살아가는

바람결에 살포시 안기어
눈웃음 살랑거리는

속삭임 들릴락 말락
은은한 향기로 읊조리는

짓밟혀도 새로이 솟구쳐
제 모습 잃지 않는.

봄비

마른 풀밭
아련한 흔적으로
촉촉이
스며들어

단내 풍기며
슬그머니 다가와

야윈 가슴속
잠자던 사랑
꽃푸르름 피운다.

또 한 번 스무 살이 되고 싶은 밤

백련꽃차

섬돌 위
풍경 소리

겹겹이 쌓인
침묵 봉오리에
앉으면

그리움의 숨결
한 잎
한 잎
질그릇 잔물결에
펼쳐지고

대청마루
깊숙이
녹아내린 낭만은
화려한
음률을 탄다.

옥시글옥시글
살랑대는 속삭임의
음률로 뛰노는

느낌표를
감성의 미풍에
연신 끼워 넣는

길섶에서
또 다른 몸짓으로
연둣빛 향연 펼쳐 보이는

순결함처럼
첫사랑의 미소
나울거리는.

안개

아린 가슴에
피어난
떨림

긴긴
무늬 그리며

조각조각
흩어진 미련
눈 뜨게 하더니

웅크린 추억까지
희부옇게
뭉뚱그린다

허허로움까지
남보랏빛에 헹구며.

강아지풀

귀뚜리 소리 낭랑한
가을 들녘은
온통 야외 무도장

하늘 내음 품은
바람의 유혹
살랑살랑

연신
가냘픈 속삭임으로
눈웃음치고

긴 시간
고갯짓으로
맨둥발 멍울 싸맨
사랑을 맞이한다.

꽃양귀비

무녀처럼
속살 드러내며
바람 끝에 너울댄다

환상의 나래
펼쳐

홍조 흩뿌리며
젖어들다가

홀연히 몰려와
에워싸는 허허로움에

눈물 진한 여운
뚝뚝
떨어뜨리더니

멍울 걸러낸
그리움
꿀꺽 꿀꺽 삼키고 있다.

왜가리 1

외발로
비릿한 외로움 딛고서
미동도 않다가

화사한 기억들이
바람 뒤에 숨어
서성이는 그리움을
부추기면

허기진 가슴앓이
툴툴 털며
서둘러 물 밖으로 나와

눈부시도록
우아한 나래를 펴
허공을 날아오른다.

왜가리 2

노을빛 뿌려진 연밭에서
날갯짓 우아하게 파닥이다가

두 다리를
고요 속에 담그고는

목 길게 빼고
꿈 밟는 미소로 끄덕이며

연둣빛향 설렘 사이로
깃털 부드럽게 흔들어댄다

매미

포플러 큰 나무에
여름이 걸리면

맴맴 쓰르 쓰르륵
맴맴 쓰르 쓰르륵

가슴 휑하니 비워낸
자리 어루만지며
그리움 읊조리다가

누런 볕 아래
목청껏
사랑을 구애한다

긴긴 추억
멜로디로 승화시키며

맴맴 쓰르 쓰르륵
맴맴 쓰르 쓰르륵.

엉겅퀴꽃

내돋친 가시마다
스민 외로움

햇살 몇 굽에
가슴앓이 삭히고

밟히고 베인 곳마다
적요 휘감고 돌아

애간장을 태우며
심연으로 와 메아리치다가

환하게 발돋움한
보랏빛 사랑.

장대로
햇살 따다가
일렁이는 그리움자락 위에
깔아 놓는다

코스모스 피어 있는 길에는
눈부신 낭만도
펼쳐 놓고

옛 얘기 소근대는
풀섶에는
싱그런 발자취 따라
추억의 눈금을 새겨 놓는다.

낙엽

계절의 끝자락은
찬이슬에 젖어
뒤척인다

뿌리 깊은
고독은

외로움의 빛깔
말갛게 걸러서

하나씩
하나씩
떼어낸다

앓던 가슴에
공허가 밀려와도.

가을

펼쳐진
꿈
눈부시고

열정의 숨결
다정히 안겨와
알알이 눈웃음친다

푸르던 영혼
어느덧
세월 속에 스며들어
색색이 채색되고

보이지 않는 거울 앞에
나란히
한 순간을 오가며

또 한 번 스무 살이 되고 싶은 밤

긴긴 기다림으로

활짝 핀

그날을 향해

언제까지나

마음은

먼 산 끝머리를 달린다.

갈매기 떼

소곤거리는 갯벌의
신비로운 소리

닿을 듯 스쳐가는
회색빛 군무

멈칫거림 없이
끼룩 끼룩

야릇한 파문이
허리춤에 잠시 머물다

바람에 하나씩
상념 밀쳐내며

또 한 번 스무 살이 되고 싶은 밤

고귀한
사랑 위해

목청껏
끼룩 끼룩.

늦가을에

엇갈린
그리움의 틈새

소슬바람이
분다

발부리 따라
수북하니

구멍 숭숭 뚫린
가슴팍 향해

저물 무렵에도
하냥 속삭이며.

또 한 번 스무 살이 되고 싶은 밤

비오는 날

짙은 안개가
웅송거리며
낮게 깔린 세월 자락
덧칠한다

생각은
외로움으로 헤매고

대숲바람은
주름진 가슴을 두드린다

앞마당
흙향 머금은
붉은 미소

처마 끝
낙숫물 소리에
촉촉이 젖어든다.

잠자리

향그런 바람
나붓대는 호숫가

갈대숲 여기 저기
비단 날개들

사색의 꼬리 흔들며
풍경 핥는다

마른 줄기 꼭대기에 떠올라
곡예 부리다가

물 가장자리 맴돌며
둥둥 흐르다가

또 한 번 스무 살이 되고 싶은 밤

물풀 톡톡 건드리며
풋풋함 휘감다가

너울너울
동심을 매달아 놓는다.

왜가리 3

고요의
날개

폈다가
접었다가

가늘고 긴
향 딛고

걷다가
날다가

침묵 속으로
점점 빠져들며

섰다가
졸다가.

가을 단상

귀또리 소리
풀풀 날리는
시골길

배 터져라
웃음 쏟아내던
유년의 뜨락처럼

알록달록한
그리움이
앞서거니 뒤서거니
종종걸음친다

휑뎅그렁한 허무가
저리
바스락 바스락거리는데.

꽃기린

기둥처럼 자라난
고독
쪽빛 하늘로 밀어 올려

한 줄기 바람에도
젖은 꿈길에도
마구 흔들려야만 했다

어둠 속에
눈물 묻고
허허로움 톡톡 터뜨려

까칠한 가시줄기에
연민의 정
펼쳐 놓고

뿌리 살찌워

틔운

어렴풋한 추억

간질이며

하얀 눈웃음

짓고 있다.

겨울새

남보랏빛 새벽달
해오름 나란히
어깨 견주면
대나무 숲 속
어둠을 깬다

재재거리는 세월 속
허허로움은
칼바람에 발버둥치고

앙상한 가지 끝에
내려앉은 작은 새
가슴에 안기는
눈물겨운 날갯짓
허공 자락에
모닥불 피운다.

또 한 번 스무 살이 되고 싶은 밤

겨울 아침

수묵화로
서 있다가

고향빛 미소
머금는다

잔설에 반짝이는
속삭임 되어

풋풋한 향내 풍기는
그리움 되어

살 끝 흔들며
휘어진 채 두런거리더니

너른 들녘
조용히 내려앉는다.

고드름

칼바람 뱃속까지
긁어댈 즈음
사무치는 회한이여

쓸쓸한 적막 속으로
점점 빠져드는
외로움이여

길쭉이 꼬리 내린 채
발목 잡힌
몸부림이여

투명하게 부풀어
일제히 일어서서 환호하는
그리움이여

또 한 번 스무 살이 되고 싶은 밤

파노라마처럼
아스라이 하늘로 띄우는
하얀 설렘이여.

4장

인연, 그 행복한 만남

아가야!

하얀 드레스에
환한 미소
어여쁘구나

인연의 꽃밭
마주잡은 생각들이
쑥쑥 자라
푸른 잎으로
곱게 곱게 물들이거라

낮선 비바람
낮선 눈보라 속에
튼튼히 뿌리 내려
새로운 둥지 틀고

세월 흘러
곱디고운 가을빛 찬란한
단풍으로 비치게
꼿꼿이 서거라

아름다운 계절 위해
밤낮으로 줄곧 물들이거라.

또 한 번 스무 살이 되고 싶은 밤

아버지

도란 도란
겨울밤 아랫목에
둘러앉아
웃음꽃 피우던 어린 시절

포근 포근 꿈 불러
어루만져 주던 사랑
엊그제 같은데……

가슴속 응어리는
세월 곁에 묶여 있는데
꽁꽁 얼어붙은 섣달
별빛에
유년의 추억 매달고
바람으로 누워 있네.

시숙님 정년 퇴임에 드즘하여

화사한 아지랑이
꽃비 뿌리는 교정에서
교직을 천직 삼아
오로지 외길
몸담은 어언 40여 성상

깔깔거리며 웃던
정겨운 풍금 소리
세월에 머물지 않고
쌓인 연륜,
그 사명감은
우리 사회의 사표(師表)입니다

진정한 어버이 마음
다독이며 가르친 제자
봉사하는 모습 흐뭇해 하며
교육자의 보람 느끼시듯
마음속 화폭에 담아
새롭게 기쁨으로 가꾸소서

남은 여생

젊은 모습 챙겨 보듯

늘 배우는 행복의 꽃동산처럼

아름답게 만드소서

진심어린 마음 모두어

황조훈장 정년을 축하 하옵니다.

어머니 1

아롱다롱 칠공주
때때옷 입히고
그렇지
그렇지

송글송글 맺힌
땀방울
피곤이 몰려와도
괜찮다
괜찮다

하늘이 준 보람꽃
싱싱 커 가는 기쁨에
언제나 웃음이
그득
그득

한 생애
자식만 위해
걸어온 길 살찌우며
그렇게
그렇게.

어머니 2

계절 끝에서
벙그는
백발 미소

공허 속에서도
수 놓아 속삭이는
향수

온몸 기대면
평온히 이끌어주는
종교

겹겹이 꿈 너울 쓰고
그리움 다독이는
초록빛 노래.

딸

살갑게
하늘거리는
풋풋함

몽실몽실
피어오르는
기쁨

향그럽게
빚은
그리움

환희 안은
하이얀
별빛 꿈

가슴 가득
한 송이
고요한 위로.

당신

잔잔한
속삭임으로
한결같이
영혼을 매혹시키는
香水

비바람 불고
눈보라 쳐도
끄떡없는
든든한
버팀목

곱게 수놓아
아기자기한 꿈
가꿔
안아 주는
울타리

깊숙이
싱그런 웃음
안겨 주는
부지런한
금빛 햇살.

큰언니

흙먼지뿐인
쓸쓸한 날이면

그리움 묻어나는
해맑은 향기

불어오는
마른 바람소리에도

행복
예쁘게 엮어서

색색의 꽃사랑
차곡차곡
마음 항아리에 담는다.

이웃사촌

푸른 옛날 끌어와
훈훈한 정
한 바구니 꺼내 놓는다

돌돌 말아둔 기억들
활짝
열어젖히자

행복한 미소
해맑은 울림으로
구르고

바람에
매달아 놓은
진심까지도

담벼락 사이에서
빛깔 곱게
나풀거린다.

영등포역의 노숙자

시커먼 비닐봉지에
쿡쿡 눌려져 담긴
이른 새벽을 깨워

눅눅한 신문지에
등 기대고 잠든
소주병도 깨워

구겨진 허기를
헐렁한 넋두리로
채워 넣는다

차마 일어서지 못해
깃발처럼 들끓는 서글픔
누더기처럼 걸친 채.

연둣빛 향기
휘날리며 다가온
미소 천사

반짝거리는 이치
온몸에
고루 적시어

제 집 살피듯
진한 감동 벙글게 하는
사랑의 징검다리

살가운 정
듬뿍 묻혀가며 사는
멋쟁이 신사.

사위

하늘 닮은 메아리
운명처럼
별빛 따라 건너와

초록 꿈
물들인
순수 방울

억 겁의 인연으로
청실홍실 엮은
설렘의 봄

영롱한 햇살
가슴에
너울대고

믿음 안에 사랑 쌓아
알콩달콩
뿌리 내린 기쁨

미소 탐스럽게

피워 올린

생의 노래.

아들

숙명처럼 다가와
피어난
초롱 별 하나

천하를 얻은 듯
행복 외친
만세의 기쁨

바라보면
생기 넘쳐나
꽃마음 되고

알토란같은 목소리
듣기만 해도
든든한 의지가 되고

품 안에 따 담은 사랑
영혼 파고들어와
꿈의 향기 거머쥐고

순백의 빛으로
살아 숨 쉬는
그리움의 끈.